É assim que eu sou!

TEXTO E ILUSTRAÇÃO
NEWTON CESAR

Para Rochelle, Felipe, Fábia, Matheus e toda a equipe da Saíra Editorial. Gratidão por confiarem no meu trabalho.

Para minha mulher, Helena de Oliveira, com o amor de sempre.

Para todos os pais, educadores e professores, que sabem da importância de contar histórias.

E, finalmente, para todas as crianças, que fazem com que as histórias vividas ou narradas sejam sempre especiais.

Espelho, espelho seu,
você pode dizer
como sou eu?

Umas pernas são tortinhas.

Uns têm perna de pau.

Minha perna é redonda

e com ela eu tiro onda.

É assim que eu sou!

Uns dentes são para frente.

Outros, presos por corrente.

Minha boca é uma janela.

E o meu apelido é banguela.

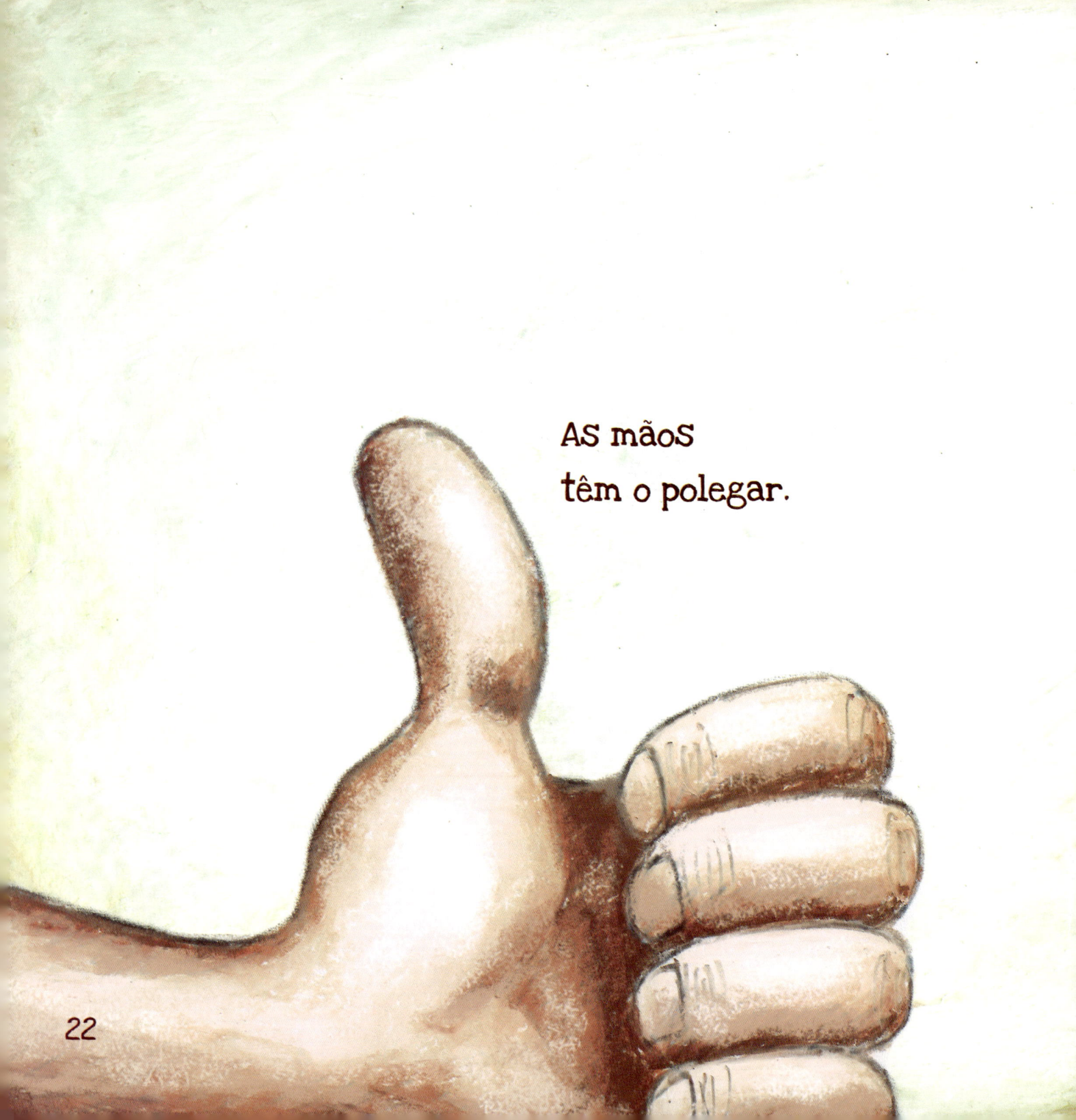
As mãos
têm o polegar.

E também
o indicador.

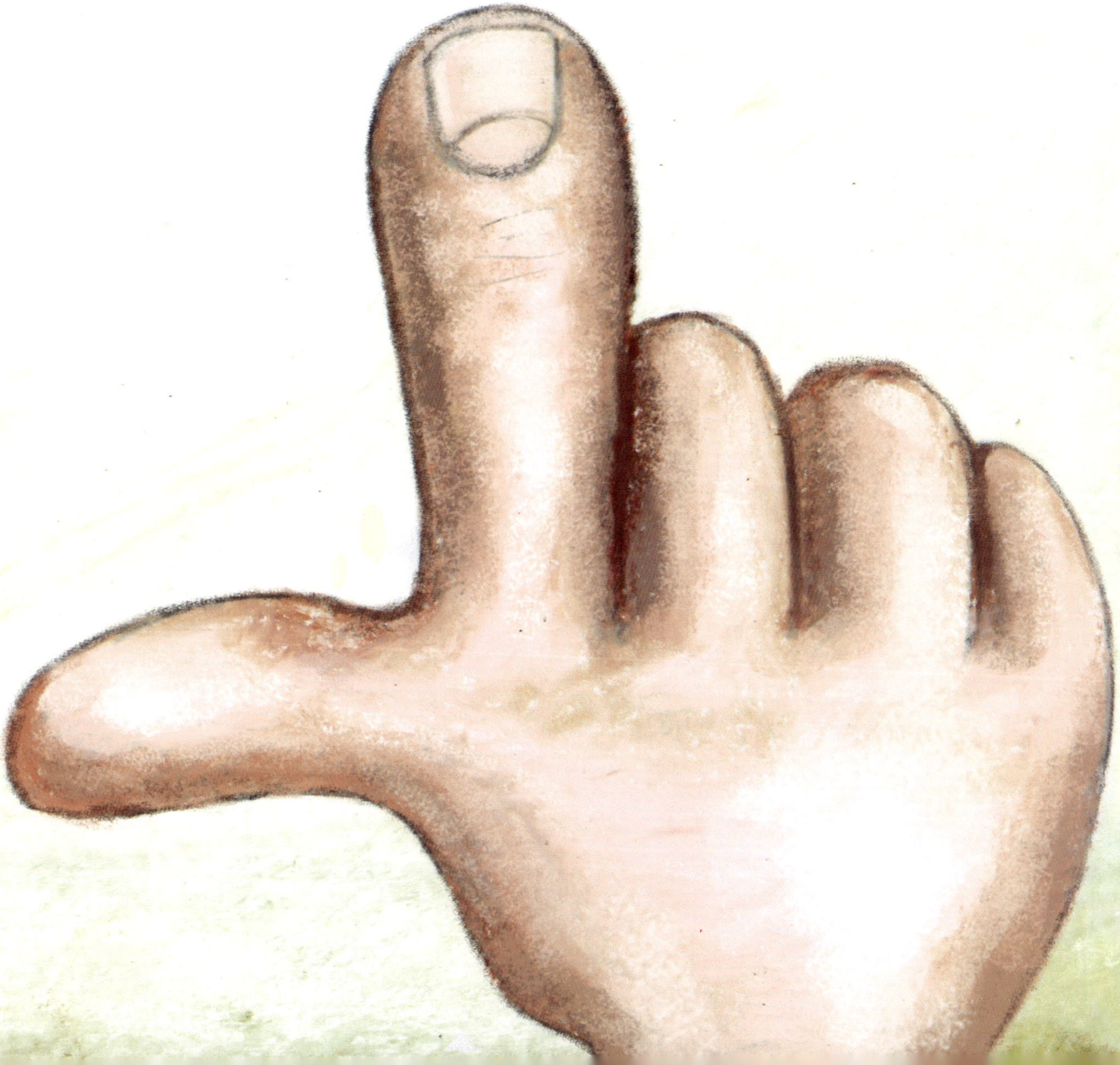

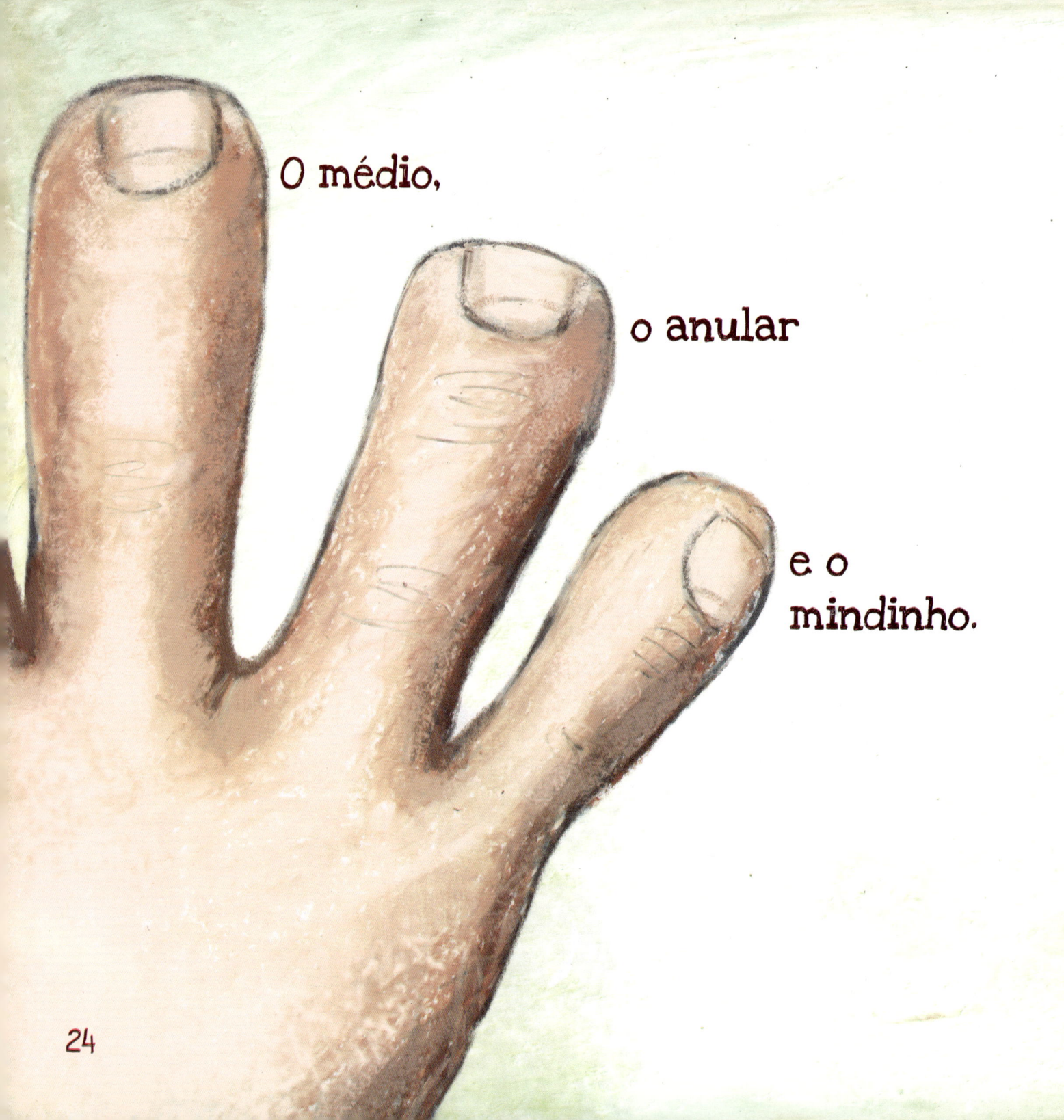

Todos

ficam bem

juntinhos.

Contando-se todos, são cinco.

Mas cinco
não é
comigo.

É assim que eu s!

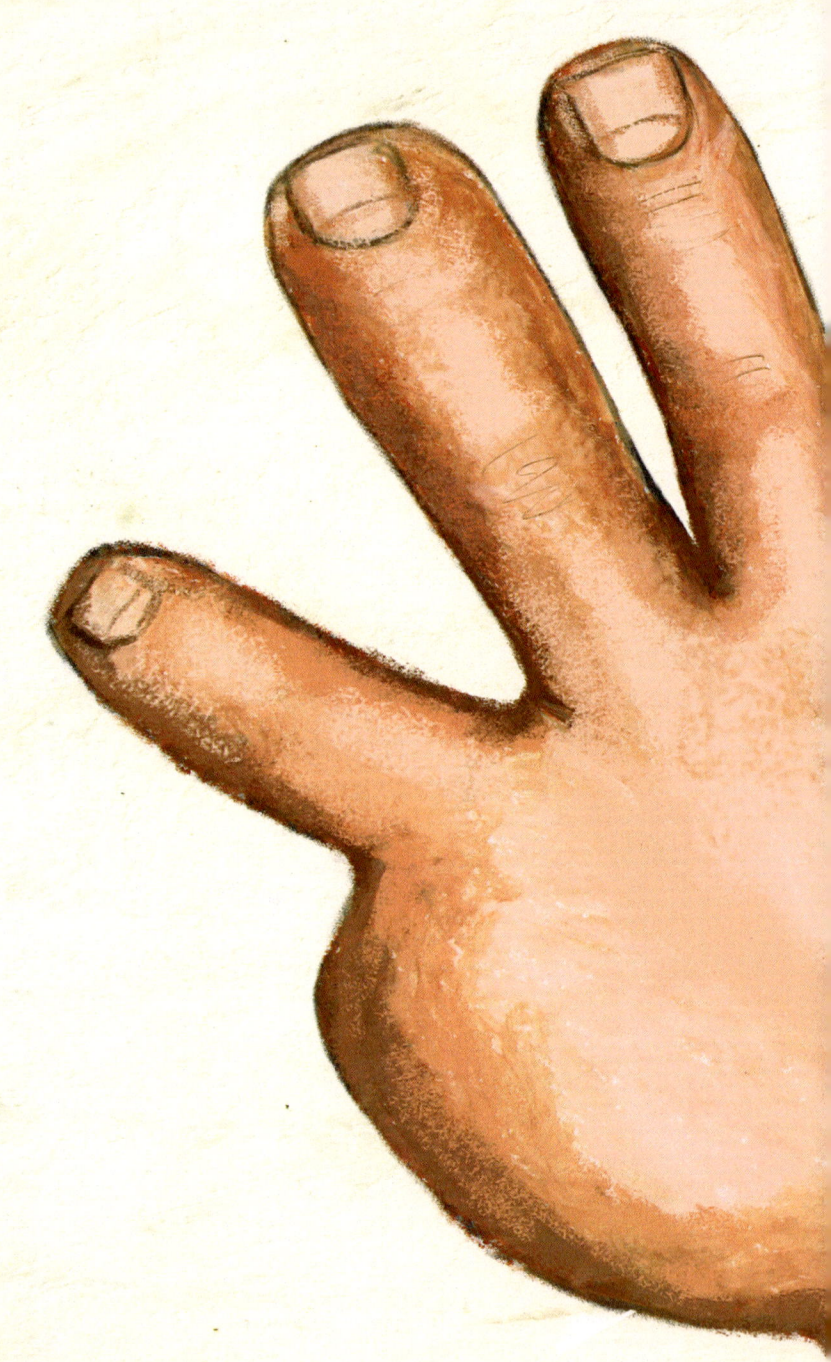

Existe cabelo que é gigante.

E uns só existem com implante.

E também os cacheados.

Meu cabelo
não é mole.
Parece mais
um rocambole.

Outros,
bem
pouquinho.

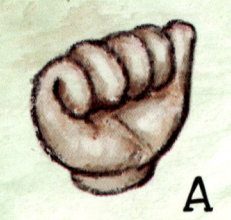

Eu falo com as mãos e nem por isso sou quietinho.

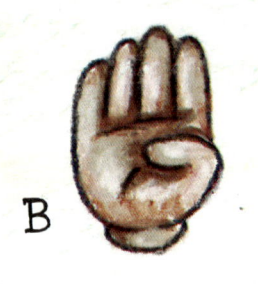

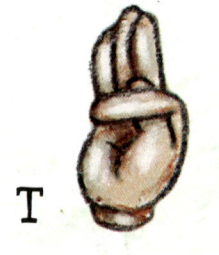

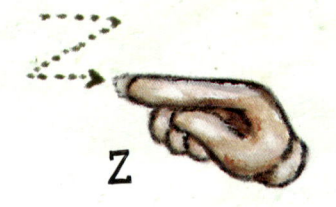

C	D	E	F
I	J	K	L
O	P	Q	R
U	V	W	X

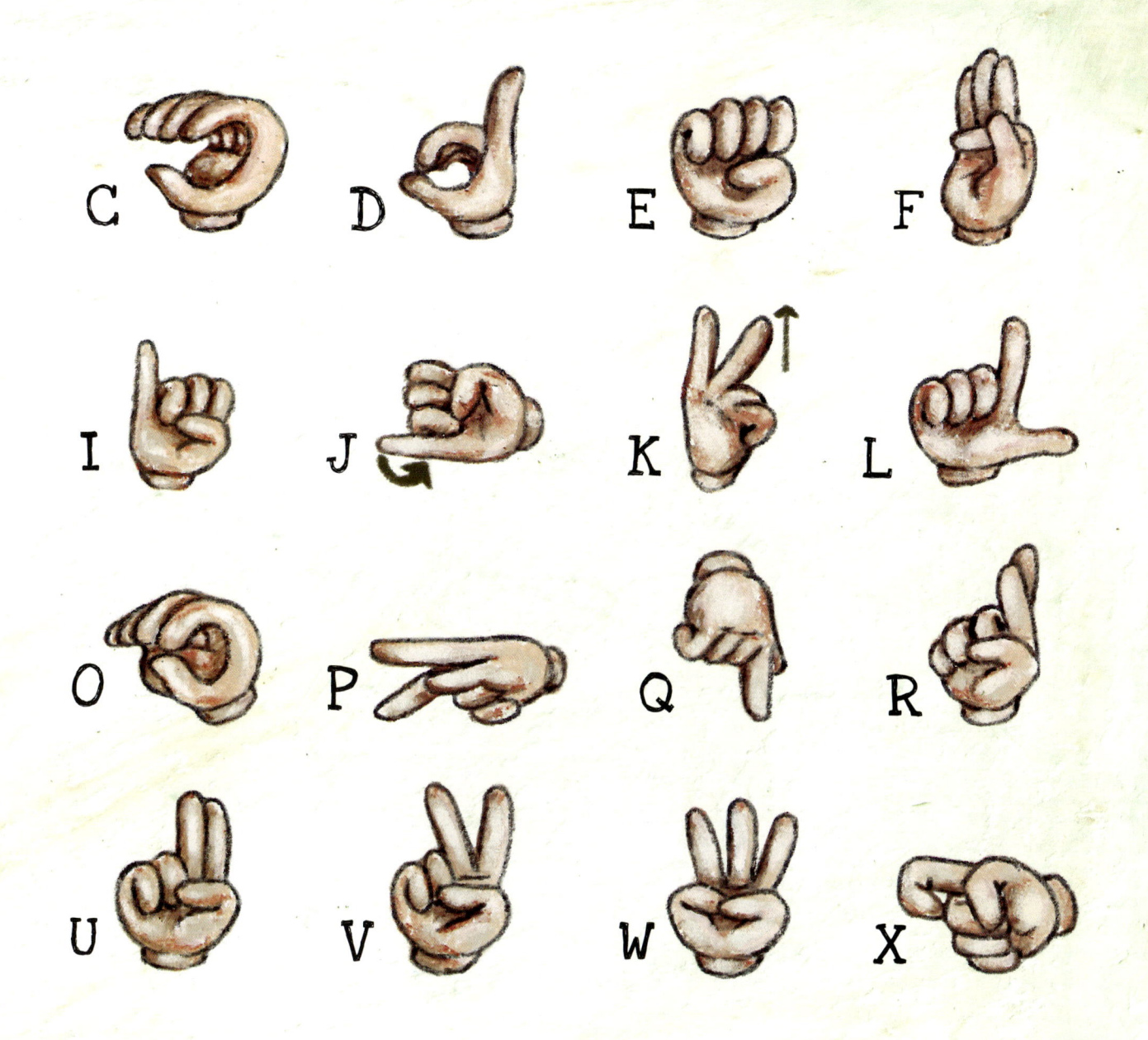

É ASSIM

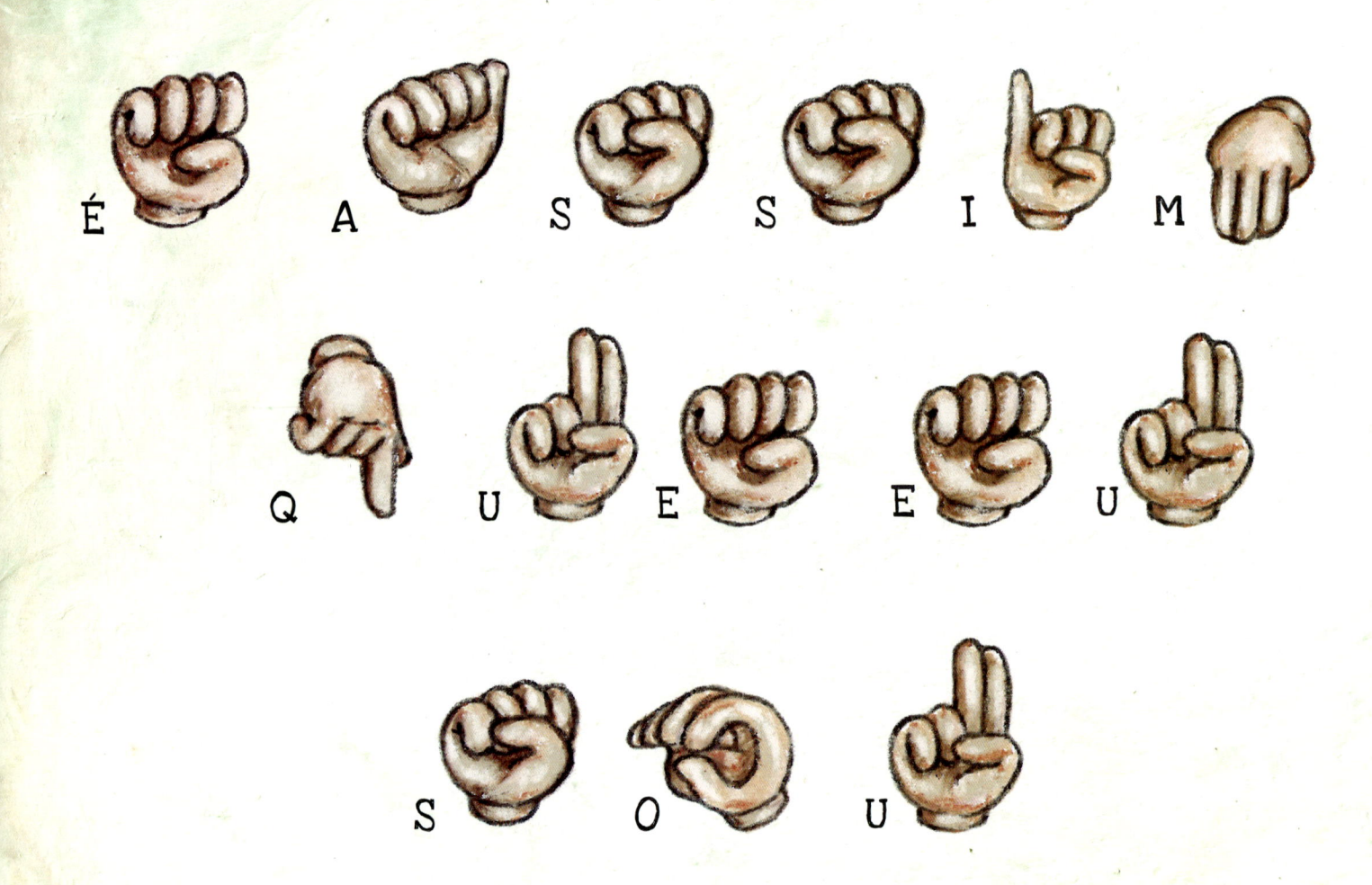

QUE EU

SOU

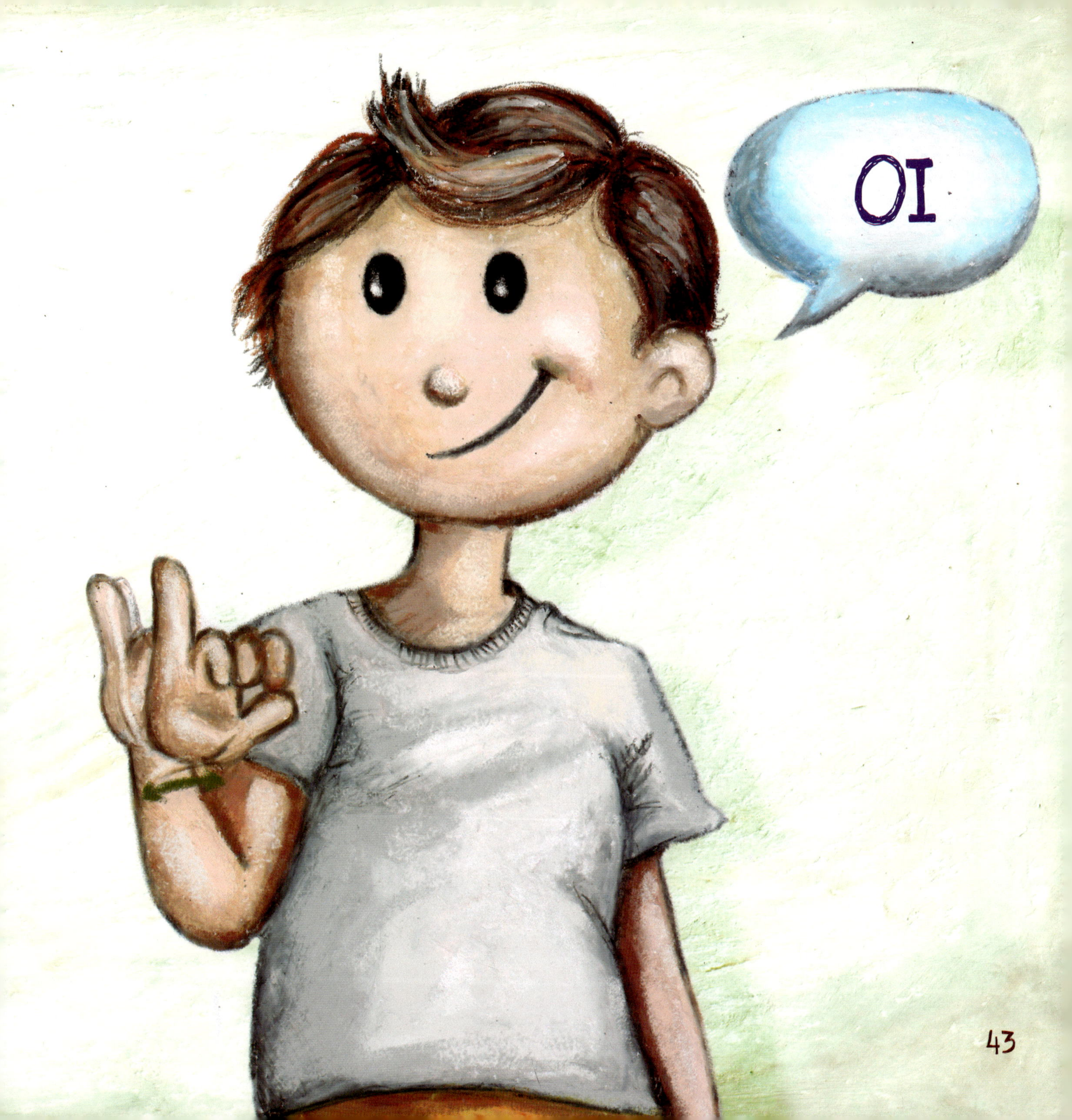
OI

Um tem poder de
capa e espada.

Outro, quando desce da fachada.

Meu poder está bem na cara.

47

É assim
que eu sou!

49

Uns acham
que sou
triste.

Outros, que sou diferente.

52

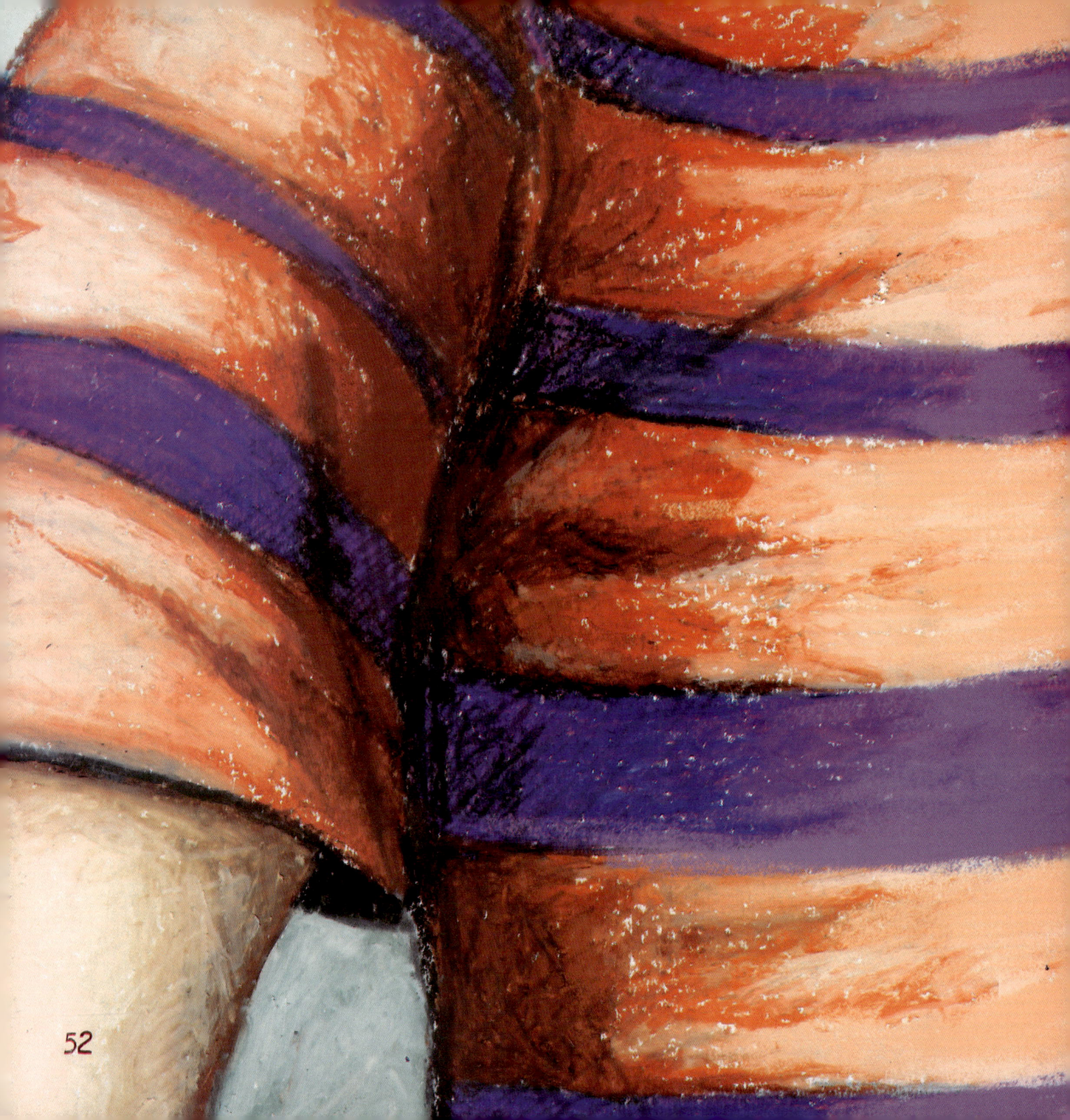

Mas é só olhar bem aqui no fundo para ver que sou igual a todo mundo.

NEWTON CESAR
Autor e ilustrador

Formado em Marketing e pós-graduado em Marketing Digital, Newton Cesar é escritor, publicitário, *designer* e ilustrador.

Atuou em agências de propaganda, exercendo as funções de direção de arte e criação. Também se especializou em *design* editorial, desenvolvendo projetos gráficos e capas de livros para editoras.

Como escritor, publicou livros de ficção e de negócios. Entre eles:
- *Um minuto*
- *Bendito maldito*
- *Eu, Beatriz e Angela*
- *O mar e a escuridão*
- *A morte é de matar*
- *Corinthians, eterna paixão*
- *Direção de arte em propaganda*
- *Making of*
- *Vitamina fotográfica*
- *Os primeiros segredos da direção de arte*
- *Do livro ao livro, a arte de escrever e publicar ficção*

Esta obra foi composta em Love Ya Like A Sister e em Minion Pro
e impressa em offset sobre papel couché fosco 150 g/m²
para a Saíra Editorial em 2023